面对风

沈华 著

文汇出版社

　　沈华，曾用名沈石头。1959 年出生，江苏苏州人。热爱诗歌创作，作品散见于《诗歌月刊》《扬子江诗刊》等。

诗人的故乡（代序）

车前子

我在窗口坐了一会儿。天上大风，北京终于晴朗一点。忽然有两地的深切感——刚才，正读沈华寄来的诗稿。

他写的，可以说——苏州情结："一种想笑的感觉。"（《没有太阳的早晨》）

平日里他总是笑眯眯的，笑得温情，细想，也有无奈。

在《没有太阳的早晨》里，沈华写道：

> 没有太阳的早晨
>
> 你阴沉的脸，像是有谁
>
> 欺骗了你，让你的心情不再
>
> 畅亮，一种想哭的感觉

"一种想哭的感觉"，在诗人笔底，忽然有故乡的深切感——最后，"一种想笑的感觉"。

沈华的诗中，有笑声。这笑声是"选择"，也是"另辟蹊径"：

> 转身是选择
>
> 是另辟蹊径
>
> 是怀念故乡（《转身》）

一个在故乡的人"怀念故乡"，比如沈华，对于他意味着什么呢？里面有种华丽：

> 行！那条小河归你
>
> 退一步，草地
>
> 也归你，再往后
>
> 树林，当然
>
> 也是你的。（《鸟中之王》）

这种华丽就是：一个在故乡"怀念故乡"的人，他是在归还，也是（对现实）适度的放弃。正是在对现实适度的放弃之中，诗，不知"天高地厚"的产生。诗，仿佛丢失的某件物品——而记忆不朽：

> 山塘街石板路上，一只
>
> 丢失的绣花鞋（《江南的雨》）

而诗人手上老是想抓点东西，因为人手上老是想抓点东西。但当它被找回，抓在手上，就未必是诗，更多，或许只是"以美为名"：

> 用唇，吐出裙的花边
>
> 飘逸的金色，被晨露

刺绣（《荷叶》）

美在很多时候"用唇"，诗经常性拒绝"用唇"，
"用唇"之际，也就是说的时候。说，这正是诗的难度：

> 有人说：建老宅的时候
> 正是广玉兰盛开的季节
> 也是梅雨时分（《老宅里的"曾经"》）

有人说，即诗人说，我听见沈华说：

> 道不清这幢老宅有过多少主人，于是
> 打开一本难以读懂的"曾经"
> 一件件，一桩桩，在花园
> 广玉兰盛开的季节（《老宅里的"曾经"》）

广玉兰盛开的季节并不好懂，而苏州很美，而苏州
有许多诗人：

> 就这样，过去了许多
> 许多日子。有一天，小船
> 被小河推进了年画
> 小猫，被线球牵入了
> 绣品，而格子窗
> 仍在西墙（《格子窗》）

不管诗人的命运与职业，如果真是诗人，他们总会
在自己的位置上，"还算幸运"：

能把翅膀，压得

没有一丝声响（《还算幸运》）

于是：

转向树林，多好（《白衬衣》）

树林里，有许多诗人，在广玉兰盛开的季节，苏州诗人穿着白衬衫，在风中的一棵大树底下，浓荫蔽地，他们交谈着自然与爱情，友谊和故乡。苏州有个"故乡诗派"，沈华和陶文瑜在我的故乡怀念我的故乡，小海在我的故乡怀念他的故乡，李德武在不是他的故乡怀念我的故乡。

有一次，我对何光炎说："诗人的故乡，较为可靠的是在语言中。"

有一次，我写一幅字："诗之华。""诗之华"应该是微笑的，旅居苏州的翻译家李晖译有波兰诗人安娜·斯沃尔（1909—1984）的一首诗：《海与人》："你不可能使这片海驯服／以谦恭，或全神贯注。／但你可以／在它面前笑。／／笑／由那些人发明，／他们简单生活，／放声大笑。"

诗，也是由那些人发明，他们简单生活，放声大笑。起码有一种诗如此。

2014-12-3，傍晚，北京

目录

散文里的标点

江南的雨

音乐与梦想

以世界的名义

无题

面对风

面对风

总有一些阻隔
比如遇上一面墙
掠过树林碰见一群
叽叽喳喳的小鸟

比如风追着风，在江南
风与情之间，总有一点瓜葛
带出的是烟雨和心跳

趟过老街的石板，又
如何看待风的静止和连贯
烫好的米酒，茶水上的
线条，冬日里
与棉袄、空调无关

面对风，与刺骨分开
与骨髓接近，吹开一扇
小门，让弹词开篇
吟唱

2013 年 12 月 21 日

转身

转身是逗号，没有
结束，看另一种风景

转身是选择
是另辟蹊径
是怀念故乡
是抽空，看看
年迈的母亲

2012 年 10 月 13 日

周末

我把这个周末
交给乡下的舅舅
交给水稻、青蛙、田埂
交给太湖边那一堆
浓烈的晚霞

一只炖得蜡黄的母鸡
两条红烧鲫鱼，一碗
韭菜炒蛋，还有他酒后
比晚霞更红的脸

我看到，舅舅家屋顶升起的炊烟
正撑起一片
蓝蓝的天

2014 年 7 月 14 日

想点别的

一场秋雨，淋湿了
头发外套鞋子，我想
如果再淋下去呢？会不会
淋到你的灵感

一列火车，开过了
无奈辛酸忧伤，我想
如果再开下去呢？会不会
就是你的福地

2013 年 12 月 27 日

冬天的石榴

大雪将至，仅剩的一只石榴
在敬老院的支架上，偷着
喝酒，五十二度的醇香
足以点燃风中的烛光

重新奏响五月的花季
和眼前的苍茫，让风以
慢板的方式，掀开今生的
是与非爱与恨因与果
仍有一丝的仰望与暗香
小鸟飞来的石块，还不时
击中伤疤，滴血的酒杯
只留下怀念和祭奠

2013 年 12 月 12 日

长度、厚度与真伪

长度住往与厚度连在一起
就像一部历史长卷，有跨度
必然也有血浆的厚重
和风沙堆积的山谷

见过类似的关联

比如爱说话，讲一粒芝麻
要分成三段九个小点，这个
长度，又恰好是一个
枕头的厚度

比如一段爱情、一个季节、一道
风景、一段诗文、一个
成长的孩子，一个曾经爱过
或恨过的人……

天再高，地再厚

能称上久远和古老的
只有一个真字

2013 年 12 月 12 日

分开

把收获与凋零分开
不然，甜甜的果实
会过早腐烂，一条蛀虫
在心里作怪。就是
飘落的金黄只剩一叶
也是一种绚丽，对
春天的召唤

许多都是如此，该分开时
就分开，留一片希冀
在心田

2011 年 9 月 26 日

鸟中之王

行！那条小河归你
退一步，草地
也归你，再往后
树林，当然
也是你的。天空
你是鸟中之王，我
不知天高地厚

清晨，阳光初上
你喝早茶，小河痒痒地
轻呼你的名字。你决定
鲜活这片草地和树林
起降、翻转、交配，寻找
第三者，一幅
不落的画卷，在空中
翱翔

再次被你找到，我仍
尽其所有，包括体内的

一品水泥、二氧化碳
三聚氰胺，还有过剩的
抚慰和闪光的思想

2012 年 9 月 5 日

雨过天晴

雨过未必天晴
可能还有第二场雨
是眼前的你
深处仍定格在阴霾

无雨即晴，而你
总为另一场雨的到来
做好课外作业

我决定站在云层之上
作一次梳理，让厚重的云团
化为潺潺的流水，与你
作一次漂流，从此
阳光锁定额头，微笑
从心中起航

2013 年 12 月 18 日

结伴同行

胆囊切除后，耳朵
常有飞机开过
塔台如此敏感，看来
无胆未必成英雄

没有配件替代
想起 3.3 公分的囊中之物
将一枚，苦海蚀成蜂窝的
礁石，与己共眠
可爱的消音器，竟令
塔台取消飞行，还带我
作了一次难以复原的旅行

梦里，开一个亲人大会
我说，切勿胆大包天
善待你的零件和家人吧
结伴才能远行
丢谁走谁，都会使你
丢得更早，走得更快

2013 年 12 月 18 日

没有太阳的早晨

没有太阳的早晨
你阴沉的脸，像是有谁
欺骗了你，让你的心情不再
畅亮，一种想哭的感觉
其实，太阳就在头顶
只是你，让郁闷
挡住了视线

没有太阳的早晨
你失望的脸，像是有谁
夺了最爱，让你的思绪开始
凝固，一种想嚎的感觉
其实，太阳就在头顶
只是你，让焦灼
烤煳了双眼

还是一个没有太阳的
早晨，你平和的脸
像一个刚刚做上母亲的人
懂得了这世上，没有

没有太阳的早晨，只是你
心中的那个太阳，能否
天天升起

一种想笑的感觉

2011 年 10 月 30 日

晚秋

你怎样看待这个晚秋
寒流正在途中，嗅到了
雪的气味。是急于
丈量与冬天的距离
备好针线盒
将南方与北方作一次缝补
或闭关门窗，把仅存的一丝
暖意，留到破冰

我只是依着阳光，让
冰淇淋在舌尖打转
与冬作个初吻，目光
仍在秋色，看一对恋人
如何步入婚姻的殿堂

风追赶着风，你在
落叶里伤痛，还夹进
书页，让记忆牵动怀念
寒风，在思想的深处刺骨

我只是静候秋与冬的
结合，像我家的洗衣机
秋装在雪花里飞舞
而亮出的，是一个
香喷喷的春天

2013 年 12 月 11 日

散文里的标点

散文里的标点

话说这片林子，晨曦中
传来的第一声鸟鸣，逗号
只是翻个身，好梦仍可
做到天亮

两只小鸟，落在
窗沿，双引号
有话要说，青春期的
私密，让你心动
温情目送，惊讶在绿叶
蓝天之间，黄莺变了
白头翁，一个难以
画圆的句号

一群鸟儿，一字
排开，一同方向，一个
长长的破折号
进城跳槽留洋寻觅
没有注解、问号
自由选择，只用

感叹号

一根电线，趴着六只麻雀
评论家，荡着秋千
说说林子，冒号
淡定中的省略号，意味
深长

散文里的标点，林中的
鸟，生生不息

2012 年 10 月 12 日

给米歇尔的私人信件

尊敬的米歇尔
这样很好
留着现在模样
无需长大无需减肥无需说话
只需一个淡定狡猾的
眼神，把我颠倒
把我拉进目空一切的世界

就这样吧，尊敬的米歇尔
无需长大无需减肥无需说话
不然，你会知道雾霾
矿难、出轨，还有
该吃什么奶粉，不该
说什么话（我发现你已经学会
鼓掌）这是大人的事情
你答应我，往后
你仍是现在的模样

我不主张你看书，可你的
专注，把我俘虏

我只是担心，你千万别把
家书，看成诗歌
就像你手中的信件
这与李白、杜甫无关
我愿你把它撕成飞舞的
雪片，无需说话
静候圣诞老人的礼物

可爱的米歇尔，你的诗
我爱读

2013 年 12 月 12 日

岔道

走着走着
就有了岔道
你往东，他朝西
一只被折断的莲藕

岔道，有时出现得太早
有时又来得过晚
一条道走到黑，有时
也觉得蛮好

辟一条道，不只是为了
分开，是吹着凉风捉迷藏

2014 年 7 月 11 日

等待

等下完这场雨
冬天就来了
小河，结一层
薄薄的冰，封页
开启后的面巾纸
看似朦胧，只是把
秋雨带出的思念
暂作封存。眷恋
仍在延续，像小鱼
串游，嗤嗤的导火索
总在燃放
又一个春天

2013 年 2 月 8 日

体检报告

1. 血常规
依然来自唐古拉山，泥沙
淤积偏重，有断流的可能
建议：长期在寺庙用餐
生于江南，水
乃灵魂也

2. 胸部 CT
雾霾中，种满烟叶
品种：贵州居多
一派丰收的景象，将奖励
底片一张，建议：付印正照
昭示自我及天下，别挂错
地方，让人误判为瞻仰

3.B 超
在生死与共和肝胆
相照中挣扎，胆子不小
肝火过旺，有鱼水脱离之势
建议：种菜浇水挑担子

在乡间的小路上奔跑

4. 心电图
是农民的子女，悬空
的大厦，让你患上心病
图像显示，心律不齐
可能心脏也在肥大之中
此病没有偏方，建议
去老家看看母亲和
一起长大的乡亲

5. 内、外科
目前手脚灵活，思维
敏捷，可你坚持说
你老了，希望早点到二线
外面的病号还很多，建议
重新排队，去
看看心理医生

2013 年 12 月 22 日

随枫飘去

从书页里滑落的一片
枫叶，像一枚闲章
给我的旅行添一方色彩

那年，没有约定
你悄然坐在我的身旁
一片叶子，一种
颜色，一个国家。你
静候，下一阵风的到来

2013 年 12 月 27 日

无言以对

有时，对于一张嘴
也应劝其疗养，看看
牙床有无炎症，舌头
是否拧紧了发条，或去深处
作一次探访和修理

有时，微合的双唇更有
灵气和性感，我赞赏
在空间里找回时间，时间里
放飞一只风筝

有时，我用一个上午
或下午静候，一只炖不烂的蹄髈
和一锅烧煳的面团
如何收场

2013 年 12 月 21 日

视力下降

你的视力急剧下降
渐渐地
学会用重叠
看一种高贵
让朦胧醉一道风景

你发现，你的目光正好
与万物平行

2014 年 2 月 23 日

美发师

我只是偶尔光顾
你却天天守候
一个微笑，一声问候
抹去岁月的痕迹
疏理本该属于自己的心路

行云流水，彩蝶飞舞
顶天处，你竟裁剪出一个
不老的我

你话语不多
但总说让人喜欢的话
因为爱青春才喜欢着喜欢听的话
你懂得，年轻
当从心开始

你的作品是我的洒脱，还有
迈出殿堂的那一刻
轻盈的脚步

我还是偶尔光顾

你依然天天守候

2011 年 6 月 8 日

手足对白

人类自直立行走以来
手与足，关于作用与反作用的
争论，从未停止

足以为：压力来自撒手不管
（原来也称足或脚或爪子）
让顶天顶的事都由脚来承担
手认为：把手从脚中解放出来
是为了更好地为人民服务，劳动
创造幸福，勤劳的双手
功不可没

足以为：同样不能否认手的危险性
比如燃烧煤炭，扣动扳机
伸出第三只手，敲不熟悉的门
还有指指点点，机械式的鼓掌等等
都是由手—手操纵的
手指出：直立行走后
一些脚心发生了变化
比如你在握手他在踢脚，

还有，捧大腿、翘二郎腿
让第三者插足等等
无不与脚有关

其实，人类进化到此
早有明文规定：同根同体
应当情同手足，共创美好
应当手舞足蹈，何时何地
都应手脚干净

2013 年 12 月 19 日

风在颤抖

我，正被一阵风挡住
一把颤抖的锯子，在叙述
大片的落叶回到那个年代
参加一个隆重的葬礼

2013 年 12 月 18 日

五十四

转个身，你
还是中年，不如
八十一，掉个头
还能耍点孩子脾气
有时，指鹿为马
那就是马

年过半百的你
开始丈量秋天的深度
从凌晨三点醒来
回味泛黄的果实
舍得舍不得
在楼道里，你与
膝盖骨窃窃私语

2012 年 10 月 17 日

今年第一号台风

是一次跋涉，一次
迁徙，一次狂热的追寻
羊群、牛群、马群、人群
在苍穹，为同一个梦想
浩浩荡荡，奔腾向前
一个阴谋在耀眼的金鞭里
露出狰狞。一切被驱散
一切化为乌有，只有牛骨的断裂
马在天边嘶鸣

2011 年 8 月 12 日

老人与海

老人要吃鱼
我开始回味一部小说
在菜场，我买回几条带鱼
洗菜池边，我又想起
我家老人不吃海鱼
就此，将美国佬的故事撂在
沙滩，我想
不是所有的老人都与海有关
就像厨房里满手腥味的我
此刻，与海明威
有何相干？！

2014 年 7 月 11 日

年过九旬的诗人

吞下这七彩的药丸
你就是一支蜡烛
风中的蜡光，抖忽出
一条似曾相识的老街
你从这头走到那头，却
怎么也说不上她的名字
坐上小桥，词汇已从桥洞流走
对你，无需笔墨
水墨般的呼吸，就是诗的
韵律，就像品味一种古老
有时，也未必请一个导游

一个瘦成蜡烛的老头，在老街
点燃了他另一首诗
风，在烛光里

2014 年 7 月 9 日

白衬衣

白衬衣泡在水里，像
现在的你，迷失
在雪的被窝，酒糟
脱落，鼾声的
皂沫，带着快乐
一点一点地，死去

转向树林，多好

阳光清扫尘埃
湿润，在风中长出
飘逸，年轻的模样
大摇大摆，针脚
锁不住纽扣，领子里
飘出鸟的羽翼

白衬衣泡在水里
泡在水里，越泡越白

2012 年 7 月 29 日

报喜

围墙上的一只喜鹊
被红外线盯上，报喜声
拉响了警报声

喜鹊的兴奋来自音乐的
伴奏，通俗改为美声
只是保安的出现，让它
惊慌，似撒谎的孩子
从树荫下溜走

世界之大，本不是
天天有喜，家家快乐
有大喜冲喜暗喜，有
喜从何来、好大喜功、乐极生悲

喜鹊感言：红外线里
不能老调重弹，只顾上演
不顾上税

2013 年 12 月 25 日

不全是

一把钥匙开一把锁
不全是
也有一把钥匙开几把锁的

一个萝卜一个坑
不全是
也有一个萝卜占几个坑的

什么季节吃什么菜
不全是
也有不是这个季节就吃这个季节的菜的

到什么山砍什么柴
不全是
也有到了山上没柴砍的

嫁鸡随鸡嫁狗随狗
不全是
也有嫁鸡随狗嫁狗随鸡的

2011 年 6 月 23 日

川菜

掀起红盖头，让
热烈的焰，点燃
你的唇，舌尖上的舞蹈
像小时候玩的贱骨头，
鞭子里的欢畅，急性子
碰上了热豆腐，不再苏帮
不再广式、淮扬，一支
红笔，一笔勾出
一张脸谱

新婚之夜
来日方长

2012 年 8 月 9 日

扫地

把院子打扫成一个冬天
可秋仍留在树梢，你一次
就想赶走一个季节
难怪有人说，你真的
老了

2013 年 12 月 11 日

胆囊切除

你丢失的糖果
已同这潭苦水一起取出
只是微微的阵痛
此刻，想说点什么

自小，你就在这里寻找一颗
丢失的糖果，你吞下的
苦涩，总是从眼睛里流出

糖果在哪里？糖果在哪里呢？
不敢出声，只是问自己的心
自己的肺自己的肝自己
冰凉的思维

当看到取出的糖果，你却泪流
满面，说要洗净后放在枕边
让时间作一次倒流
就从六岁开始吧，要天天
看着它，再慢慢地长大

2013 年 12 月 24 日

蛋的三种烧法

水漕蛋
白云托起太阳
不在裙子的妩媚
是金子的诱人和光芒

荷包蛋
绣出的荷包只有
一只鸳鸯，不！
是一对鸳鸯在洞房里
煎熬

茶叶蛋
击碎铠甲，撕去
内衣，让一颗
坦露的心，透出你的
芳香

2013 年 12 月 26 日

钓鱼

他有老人的耐心
没有海明威的经验
起先，他不明风向
不懂冷暖，更不知道
深浅。碰巧了
有大鱼试钩，但
鱼不上岸，他掉进了河里
网篓，像合上的风琴
唇对唇，抱团取暖

之后，他懂得了春钓滩
夏钓潭，秋天随意钓
冬来钓阳面的道理，但
美景不长，爱好者颇多
鱼开始不按规矩出牌，嫌
修长的蚯蚓不够生动
飘落的香料少了英文
也信风水，要给垂钓者
看手相面，还学会了
在春天里开始冬眠

用爱好者的口水把河床挖深

有人教他抛竿，以游戏的
方式，寻找愿者上钩
结果是，自愿者仍渴望自由

他一生没钓起过一条大鱼
有分量的，不是脱钩
就是水草，不过他
真的酷爱钓鱼事业

他决定再买一根又粗又壮的
鱼竿，把钩抛得更远
真老了，也能作个手杖
愤怒了，还能举着打人
像个丐帮帮主

2013 年 12 月 16 日

顶楼的窗户

开启顶楼的窗户
离星月近了
离披星戴月远了
我收缩，在你的
辽阔里。是个雨季
有风，没有雨

浮云随手可得，却
看不清那匹属于自己的
枣红马，你授予的
旗子，如今飘走了
留下春风，为云的
翻转，彩色的、水墨的
轰轰烈烈的……

生动依旧，在草根
在树梢，在蚂蚁搬家的
诗行里

关上顶楼的窗户

我找不到下楼的梯

2012 年 8 月 17 日

冬天的阳光

冬天的阳光，给出的
不只是一种温暖，就像
现在的我，透过百叶窗
感受，不只是自身的暖
还有带出的线条，一张张
打开的信纸，我不说
只是把缕缕的阳光打包
然后，再一一寄出

用阳光温酒，用阳光铺道，用
阳光作为节日礼物，给年迈的
父亲、出差的夫人和留洋的儿子
我还要发给我的亲朋好友，让他们
忘记冰忘记冻忘记冬天忘记
刺骨的伤痛

我还要发往工棚、寒舍，一列返乡的
列车，一个被抛弃的孩子
发往太阳照不到的地方
比如你的思想、你的心理

你那忧郁凄凉的命运

2013 年 12 月 25 日

冬天里的雨

冬天里的雨，煮烂的
山芋汤，一碗两碗三碗
一天两天三天，低迷的河水
黄了，岸上的草皮黄了，树叶黄了
脸皮黄了，人黄了
一张毛边纸，无所畏惧

冬天里的雨，忘了
带电，只带了一把刷子
一遍两遍三遍，一天两天三天
把眉毛刷掉，把胡子刷掉
把胸毛刷掉，闺房小姐
随雨步入春天

2013 年 12 月 17 日

故乡的山

那年，父亲带你
绕着山转，是要把你
带出大山。而今
你转回山里，想
告诉父亲，山外有山

正月十六，你启程
父亲说，有条道
不绕，便能走出这山
你看到那条不绕的山路
就在父亲的脸上

2013 年 11 月 13 日

过去、现在和将来

过去从山里到平原需要三天
现在从平原到山里只要一天
将来山里平原不用时间
因为，我要把母亲从
山里拉到身边

过去山里就是山里
平原就是平原
现在，平原里也有大山
还层层叠叠，绕不过来
而山里也有平原，比如一条
清澈的河流，一只风中的苹果
一只没有主人的野山鸡……

将来，我还要背着母亲
回山里走走

2014 年 5 月 2 日

海之恋

你更多的时候像一片海
不只是一朵浪花
你用汹涌轰击磐石
当海潮
扑向最后的城堡，你
一个巨浪，率先
撞开第一道城门

有一天
人海翻腾，你成了
屠宰场一名屠夫的助手
可你坚信你仍属于一片海
你说你的家乡就是海
在海里长大，是海的儿子
不过，你有时还真像一朵浪花
牛棚外，女儿捧着你不愿如数收下的鸡球饼干
棚内的牛哭了
储蓄所，你解上的售猪款
再烂，也是张张挺括
收银的人呆了

教室里，一个关于海归的培训
端坐着一位七十五岁的老头
你，让年轻人笑了
你总能映衬出太阳的光芒
还不时藏在别人的眼眶
让鼻子发酸，我

还是确认你更像一片海

2013 年 12 月 8 日

荒山从身边流过

荒山从身边流过
有一把口琴，多好
不带重音的那一种

燃尽的木炭
还能记起
燎原的岁月
一件布满尘埃的
风衣，稍稍一抖
正是猎猎旌旗

2012 年 8 月 5 日

会友

十年会一面
我说一句话
你送一捆书

你重新记住了我
我读你一辈子

2013 年 4 月 1 日

绿洲

清晨，一座装满机器的港口
一只小鸟在放声歌唱
在这堆铜墙铁壁的中央
他正呼唤一个女生的名字

2014 年 7 月 11 日

鸟儿飞进你屋

一只鸟儿飞进你屋
这纯属偶然

一群鸟儿飞进你屋
你不忙，那是
哲学家的事

2012 年 8 月 9 日

鸟语

听不懂鸟语
但能产生联想
此刻的鸣叫
是一种提醒，一种
呼唤，一条地球之外的信息

2014 年 9 月 20 日

秋日

你一洒千金，连一条
僻静的小路，都要收购
心情，在交流中伤感
满树的金色
落下的
就要落下的
不愿落下的
汇成跳动的音符
止步，找个理由
找不到回家的路

2012 年 10 月 19 日

秋歌

今年的秋天过于漫长
以至让思念，拉得太深
太久。其实，冬天
已经来临，只是你甜甜的酒窝
让我们的记忆，定格
在那个季节，枫叶红红
遍地金黄，烛光
在祈祷、歌唱

瑟瑟秋风，带不走你金色的
年华，只是你长大了长高了
独自地，去天堂作一次旅行
换一种角度看看
九寨沟、伊犁、俄亥俄州

你轻轻地走了，走进我们
无限的怀念 。远行的你
别忘步入我们的秋梦，让你
自信的酒窝与我们相聚

想你，我不哭
想你，只为祈福

2011 年 12 月 10 日

秋天

我要在这个秋天
把自已藏起来
外面的世界丰收在望
我只关注一片枫叶在霜打后
如何变成我喜欢的
那种色彩

气温在下降，记忆在
丢失，而那片快要变红的枫叶
将会夹进我的书本

等三九严寒时，有这片
红色，冬天就会
干净、空灵、温暖、富足

2014 年 10 月 20 日

三枚鸡蛋

在沸水中拷打
一枚
在输运中，已经骨折
他渴望进城，又没钱进
医院就诊。一枚
已在餐厅里打工，而今还未满
十八周岁。一枚
一身伤痛，只想搭一条船
早早回到自己的故乡
听听母亲的声音

2013 年 12 月 16 日

生命进化

一枚金钉，把文明钉在
石头里，像镶入一颗按钮
开启山的记忆。从石缝里
吹来的绿色，讲述人类
缓步走来的故事

灭顶之灾，让生命演绎
进化，露一颗白牙，笑迎
侏罗纪时代的到来
之后，还是灾难，和
灾难中的进化

一步跨过万亿年，你顿感生命的
珍贵，在旷野，你第一次
为一只在尘埃中飞翔的小鸟
落泪

2011 年 10 月 6 日

守护

你能守护一轮明月
却守不住月亮带出的思念
你能守护一夜的星星
却护不住星星射出的光芒
你用爱神守护他一生
却守不住他通往天堂的路

2014 年 7 月 15 日

刷牙

他勤于刷牙
把一天两次改为三次，
他想让每次微笑都干干净净
吐出的象形文字
个个都擦过背、冲过淋
说狗是狗说人像人

他换过多种牙膏
国字的进口的增白的
防蛀防酸抗敏感的
他不让城堡被岁月侵蚀
守住家园，守住
属于自己的原本

2014 年 1 月 5 日

躺椅

你醒来的时候
它睡了
你把它摇醒的时候
你又睡了

2011 年 8 月 1 日

为静失眠

我把这份安静交给
红柚树下的那只蟋蟀
想用歌唱的方式
赞美一种平和

结果，静
静静消失，留下的
是一场风雨

蟋蟀谢幕
我失眠

清晨，柚树上
一只柚子红了

2014 年 7 月 23 日

喜欢字母中的 S

26 个英文字母，喜欢的
是 S。不为流线，不为丰满
只是欣赏它
华丽的转身，曲折在调皮中
完成

2011 年 11 月 5 日

下一场雪吧

下一场雪吧
在这个冬季，让雪花
举行一场隆重的葬礼
让最后的枯萎，那风中
仅剩的一片树叶，安息在
茫茫的白色中，像他的灵魂
漫游于纯洁的世界里

2012 年 2 月 14 日

现代意识

他说，在大片大片种草的地方
（最好在醒目的地方）散放
六只金色小猪，外加一只
领头的大母猪
让曾经的农夫想起
曾经的水稻和熟知的呼噜

2011 年 7 月 24 日

小鸟

你在暗处
声音比我还亮
你跟着我
我看不到你

不见为好

你飘来的音符
总能敲碎我的
孤寂，还偷偷飞进
我的诗行

2011 年 7 月 30 日

星梦

大道上走来的歌星
愿照亮一条巷子
激动的心，把音带忘在
京城，让风琴
错吃了黄连，留下的光芒
与岔口电杆上的路灯
一同对饮

来自道上，也未必
都能穿透小巷的深处
这巷子，有打铁的节奏
阳春面的线条、旗袍的色块
还有分段改厕的鼓点
贫困户五保户拆迁户的高八度
以及保安保洁自愿者
绘成的布景

这里才是天空，是银河
是音响是歌词是麦克风
歌星醉了，脱光所有

行头，开始裸奔
他要爬杆调亮那盏路灯

因为路灯下的那间小屋
正住着他的母亲
一个只会说梦话的
妈妈

2013 年 12 月 16 日

一蛋破黄

眼前的太阳，一只破黄的鸡蛋
像个犯错的孩子，在云层的锅里
躲来藏去

沸腾的天马足以盖住太阳的
光芒，而灰色的狼群
对一只羊羔来说，只有
剩下的时间和汽水般的微笑

无济于事的抗争，只是将
掀翻的屋顶重新盖上
满腔的泪水，只能在体内
循环

取出平静中的破碎，端上
更平静的餐桌，主人
不知一只破黄的鸡蛋
在肚里能生出几个
毒辣辣的太阳

2013 年 12 月 26 日

一个"田"字一扇窗

一个"田"字，一扇窗
幼时，画画的把戏
被老师印在本本里，从此
小小年纪，开始爬窗
耕地，老师说把种地的
写成"伯伯"，叫人
不能瞧不起

如今，我成了伯伯
仍在爬窗耕地，而田里的
"伯伯"，有许多
爬出了窗户，孩子问
是否还写成"伯伯"

我说，窗内窗外都画着
一个"十"字，他们
只是授意寻找
另一扇窗，耕作
另一片田地

2012 年 8 月 16 日

一颗镙钉两条命

植树节，挖树坑时
捡到一颗大镙钉
放在手心端详
像看一株刚破土的生命

四年前，就在附近
一架二十多米高的铁塔轰然
倒地，两个来自北方的农民兄弟
从此找不到北，脑浆
在田埂里寻找思念
事故调查显示，塔底应有
四颗镙钉固定，而在北边
一颗形同虚设，一颗不知去向
我不知，他们在塔顶是否看到了
自己家乡和年迈的母亲

有时，排除谋杀的死亡
更令人心寒，我决定
收藏这颗螺钉

2012 年 11 月 10 日

应急通道

天壤之别在于悬空，其实
都梦想落地，可
时时被空悬，飞翔中的
应急，苦旅中的必备
就像出门带上针线包
因为，纽扣可能随时脱落
而脱落的纽扣，可能
再也找不到原配

2011 年 9 月 29 日

用心歌唱

我喜欢唱歌

有时，我也会一连几天
只唱一首歌，不停地唱
反复地唱，还自加一些味精
胡椒粉、鳝骨头和少许的
蒸鱼豉油，一碗委婉的奥灶面
给大洋那头的
龙人，平反昭雪的岳父
还有，脑梗急救后
又回来了的父亲

我也有发不出声的时候
比如内出血、重感冒，无意中
吞下一颗黄连，还有
练声时遇上雾霾，面对
小桥流水却无法换气
好心情碰上了钩心斗角
声带上，爬满虫子
五线上的豆芽，长过了头

心中有谱，真不知
从何唱起

我喜欢唱歌
但从不想成为歌唱家

2013 年 12 月 9 日

油漆工·气泡·米粒

来了个油漆工
他把走道两侧墙上的白色气泡
都刮在自己的衣服、裤子和脸上
他不想知道走道上为什么没有
脚步声，哪怕一丁点儿
他只顾刮白色的气泡，吃
白色的米粒，在一楼的小天井里
躺在一张白色的纸板上，看
一方白色的天

2011 年 7 月 21 日

雨刮器

我趴在你的窗前向你招手
只是想抹去你的彷徨
擦干你的泪，让你的迷茫
随着我的弧线，变成一道彩虹
像乐谱里起伏的连线，用美感
挂上你的脸，也照亮你
七彩的旅程

我不再招手，但我还要
侧身偷看
你好看的帽子，偷听
你动情的歌

2011 年 6 月 22 日

雨中梦

惺忪的双眼，打不开
已亮的天
渴望梦的绿枝，拨弄着
骚动的季节，甜蜜
在枕边哭泣，催醒了幸福的你
推窗
春雨一夜未止

你不愿打伞，因为梦里的雨抿在嘴里
是甜的，你想继续
天依了你，雨继续
但梦不再延续

2011 年 6 月 14 日

在这个季节，静候

习惯了，在这个季节
这个港湾，这个芬芳的小屋，静候
你的出现。我爱看
调皮的弧线，淡定的滑翔
你嘴角微翘时的
彬彬有礼

那年你说，你想飞
可唇边的那一撮还没见黑，我记得
你是深吸放有半亩方糖的浓香，伴着
一缕萨克斯风
开始起飞的
你说你喜欢那一片湛蓝
在掠过属于这个港湾的最后一个灯塔
你没有回头，尽管风更亮，港湾更美
……

你飞了，去寻找
钟情的色彩

你说，你找到的那片湛蓝也有港湾和小屋
芬芳在心田荡漾
可你又说，那曾经的香甜总在唇边萦绕，偷偷
用舌尖舔一舔，像蜜蜂走进夏花的绽放
你说，你那里也有萨克斯风
那风从港湾的曲线中滑出
可你又说，时常会想起那个灯塔，像一柄宝剑
指向天路，升腾信念，于是
总在这个季节，你向它脱帽致敬

你不说"因为"，我读你的"所以"
你说你拥有的那片彩色是奔放而温暖的
你从我皱纹折起的行间里，也读懂了我
像波涛一样的胸怀

我知道就在这个季节
你会出现，我爱看你的
调皮、淡定和彬彬有礼

2011 年 6 月 29 日

早春

茶几上端放着四菜一汤
厨房里忙出的热情，此刻
不再升腾。窗外
淅淅沥沥的雨，春天
就这样悄然而至，而心雨
仍停留在冬的季节

思念播下的孤寂，在这个
早春的夜晚，开始
发芽。融融的团聚成了
一种珍贵，一种企盼

放飞愿景
人在孤灯下

2012 年 2 月 15 日

这一段

两点半醒来
四点钟再睡
这一段的梦
只算作梦想
长出的羽毛
被晨露打湿

2014 年 7 月 21 日

回到窗口

你把他拉回窗口
一起看远方的山
天空飘着雨，但
能闻到山花绽放的美丽

你把他拉回窗口
一起寻找上山的路
荆棘爬满岁月，但
能找回丢失的记忆

你和他站在窗口
一起合上窗帘
没有发亮的眼睛，但
一切可以缓缓道来

讲个故事吧

从前有座山，山里
有座庙，庙里

有个老和尚

......

2014 年 9 月 17 日

风车转个不停

戈壁滩，风车
转个不停。转
不停的风车，像母亲做的
风风转，一根
筷子上的舞蹈，转动
喜悦，带电
也能充饥。小巷的
弯处，西式分头
有点娇气

戈壁滩，风车
成百上千。而母亲给的
风风转，只有一个
于是，爱上了
蜻蜓、向日葵……
所有的风风转，感受
风雨到来的欢快，感恩
阳光，懂得垂下
高贵的头

戈壁滩，风车
数不清，数不清的
风车，是天下母亲做的

2012 年 7 月 31 日

无法抹去的笑容

当你流尽最后一滴血的时候
你还在笑，像一只烤焦的红薯
裂开一道口子，还嘶嘶地冒着热气
你笑你自己，能一连捅掉三个
要捅掉这个村庄的人。于是
你被钉在了
千年的城墙上，像一尊铜像
无法撼动，也无法抹去
你年仅十九的笑容

你总止不住笑，就是在那个
令人哭泣的岁月
参军那会儿，你对娘说
打狗日的给爹报仇当高兴才是
那会儿，你笑出了眼泪，泪
滴在了你胸前的红花上
你娘捧着花，寻找你滴落的泪

到了部队你还笑。尽管空气凝重
沮丧的雪花仍在飘

你悄悄对同乡说
到了战场别当孬种
连长踹你一脚，说
有种，肉搏的那一会，你
第一个冲锋。你笑红了脸
一边擦刺刀，一边回味着
连长那一脚的酣畅

操练不到半年，你就来了
来守护这个上了千年的村落
你来不及打听这里的历史有多久远
文化有多古老，百姓是否都像你爹娘这般
勤劳和善良

连长说了，任务明确：守住北门！守住城墙
结果，你还没放枪，门就被炸飞了
还带走了连长那只踹过你的大脚
你知道子弹需要上膛，而此刻，你却在枪头
挂上了刺刀。你要去捅那些
要捅掉这个村庄的人，还要找回那只大脚
轻轻地给连长缝上，让他再重重地踹你两脚

你捅倒了一个，正对着他的心脏
你被烤焦的脸上露出了一方洁白
是狂笑是呐喊！你救你同乡的时候，又捅倒了一个

而你的七尺之躯不知什么时候也有了三个窟窿
鲜红爬满了你的戎装，就像夕阳布满了天空
你捅倒第三个的时候，同时也被第三个捅倒
他永远倒下，而你却奇迹般地在城墙边站立起来
门都炸了，你却还要护着那道墙

你还是笑，在流尽最后一滴血的时候，你看到你娘
还有许许多多人为你树起的一座丰碑
上面刻了三个大字
台一儿一庄

2012 年 8 月 5 日

深秋的脚步

一片金色，透过空空的街
洒落在一棵安祥的
梧桐上。布满疤痕的枝干演绎
苍劲。只是
风过之时，树叶的和声开始
沙哑，一片正悠悠落下
一种临别的伤感，却在
沐浴的阳光下

没有遍地金黄，风卷残叶
只是听到，深秋的脚步
近了重了

我悄然离开，怕过近过重的脚步
扰乱清数离别的日子
就是惊落的每一叶金黄
都能填满我的诗行
我也不愿看到

2011 年 9 月 24 日

江南的雨

江南的雨

因为相思太久
相拥时，才不觉得
太猛、太闷、太疯狂，于是
湿了江南，也湿了
山塘街石板路上，一只
丢失的绣花鞋

江南的雨，是丝绸做的
总想闭着眼，用手心托起
她的滑爽，她透心的清凉
就像绣花鞋，是绣娘用丝线绣的
城里的女人都想试试，去感受
腰肢扭动的风韵，还有
脸上飞来的彩云

江南的雨下久了，叫雨季
这是女人的福气
因为恋家的男人更恋家
自然也恋了
雕有龙凤的床，在这个季节

女人还能乘机，多说几句
尖刻的吴侬软语

丢失的绣花鞋找到了
在烟雨中，红灯笼朦胧的影子里

2011 年 6 月 21 日

夏日里的弄堂风

小街小巷多，弄堂风
成了风景中的风景
盛夏，
天然的滋补
会把眼睛美成冬虫夏草

弄堂风会吹出风凉夜饭
风凉笃笃地下棋
光屁股的孩子总与爽身粉
和滑笃笃一起纳凉，自然
也会吹出风凉话，关于
鬼的故事，路灯下
总有一个老头
在看小人书

而今，弄堂风还在吹
纳凉的人少了
作为风带来的记忆，能否
申报文化遗产

2014 年 7 月 21 日

荷叶

这个季节，少女
羞涩出水，蚱蜢式的
发夹，轻轻打开
蝴蝶，在水中泼墨
抒怀你心底的纯白

以美为名
用唇，吐出裙的花边
飘逸的金色，被晨露
刺绣

细腻与粗犷之间
设计师，衡量得失
清炖怀抱粉蒸的真理
美感中的
胃口与智慧

天籁之音
思乡曲，唱师班的和声

2012 年 7 月 10 日

窗里的那些事

一面墙，五扇窗
大大小小的眼睛
在江南的小河里钓鱼

弹词调出的光线，透着
第一窗的故事
一首请教了多年的蒋调
一遍一遍又一遍
怎么学，也到不了家

紧闭，关不往低调的
时令，酱猪肉的香气正从
第二窗的缝隙里告密
"伲难得烧一次"，你呢？
想煞一辈子

第三窗里没有动静
只有微弱的光亮
想到夜泊枫桥，夜半
钟声到客船的诗句来

想起张继早就熟睡

又想起祖宗的教诲
不偷看，偷看别人吃东西要掌嘴
我放弃了对余下窗里那些事的打探
也对，春天的江南
其实，就是一个睡美人

不过，我还是想知道
这会儿，鱼是否已经上钩

2013 年 12 月 20 日

格子窗

格子窗，镶在西墙
窗外，一条小河戏弄
一只小船
窗内，一团线球戏弄
一只小猫

就这样，过去了许多
许多日子。有一天，小船
被小河推进了年画
小猫，被线球牵入了
绣品，而格子窗
仍在西墙

就这样，又过去了许多
许多日子。那年画和绣品
已不知去向，但西墙上的
格子窗还在，只是
旧了老了

窗外，小船归来了

窗内，小猫回家了

原来，格子窗是一面镜子

江南的风来照照

雨来照照

江南的女子也偷着

照照

2012 年 2 月 7 日

桂花

一个来自农村的女孩，把落在
地上的花粒，装在了瓶子里
她要把这种香气，留在
一年四季，留在
妈妈过年做的
一块一块的
年糕里

2011 年 10 月 20 日

老宅里的"曾经"

道不清这幢老宅有过多少主人，于是
打开一本难以读懂的"曾经"
一件件，一桩桩，在花园
广玉兰盛开的季节

是看破红尘的一幅作品
是缠绵悱恻的一段恋情
是与世隔绝的一个港湾
是深藏不露的一群幽灵
……

老宅的主人们
把曾经的志向雕刻在楠木的花朵里
把曾经的挚爱珍藏在真丝的被窝里
把曾经的自我回归在三分的田园里
把曾经的豪迈浸泡在紫砂的茶壶里

风情淡雅处，"曾经"无法挥去。于是老宅
在"曾经"里丰满
在"曾经"中老去，又在

"曾经"里永生

夜幕下的老宅屋顶
泛白的瓦楞，微开的风琴
瓦楞里冒出的小草，是跳动的音符
沿着飞檐弹出，指向明月，洒向星空
是画是爱是愁是漫游的灵魂

有人说：建老宅的时候
正是广玉兰盛开的季节
也是梅雨时分

2011 年 6 月 14 日

泥土里走出的高贵

用一把泥土，塑一尊高贵
从烈火中走来的品质，懂得
付出和谦卑

浸一腔苦涩，吐缕缕芬芳
撑腰只为俯身，用江南人特有的
小嘴，说一段委婉
滋养你心中的喜乐

有一天，你被供奉
在柔和的光线里，丝绸为伴
雕花的垫子，为你起驾
无数眼球，像星星围着你闪耀，可你
依旧淡定，知道
你就是一把泥土，终将
重回故里

好一把紫砂茶壶，你就像
我的祖母，从水乡走来
给人梳了一辈子的头，可从不说

一个"苦"字。那年，该享清福的她
腰杆子还是那么笔直，迎着风
带着笑，朝故乡的路
缓缓走去

2011 年 8 月 27 日

拍摄场景

烟雨、老街、花折伞
江南的灵魂，在民国
游荡，出窍的伞中人
背影，旗袍、手绢、小提包
晃动的眼球期待无限

2013 年 12 月 13 日

艺人挑葫芦

挑一些留辫子的葫芦
线条上的细微，是
蟋蟀草，能开启门的冲动
不是葫芦里卖药
而是药里卖什么葫芦

艺人的目光，能给
痴呆中的智商号脉
药方里有书画有雕刻
有时间的推拿和你
已看不清自然的眼药水

我能感受艺人神情里的
的气场，一只葫芦
一个世界

2013 年 12 月 16 日

阿三

阿三，你说
没了这片打谷场
叫我如何找你
十三岁，我们在这里相识
你这根扳不倒的竹竿
耗尽了我的技巧
没有赢家，可你的兄弟
仍为你兴高采烈

还是这片打谷场，你把
稻草堆里摸到的两颗
鸡蛋，塞进我的手
结果，耗尽了我娇气
而你涨红的脸，就像一只
快下蛋的母鸡

之后，和你一起
开始在打谷场的周围
割草、捉鸡屎、打麻雀……
坟堆上的草肥、鸡屎里放石头

可以加工分（鸡屎作肥料，交小队部
可按斤两计工分。那时，八分钱一个工分）
这全是你的主意，跟我
毫无关系

你住在打谷场的东头，我外婆
住在西头。上复读班、看样板戏
到镇上看露天电影，去西太湖
打野鸭，都在打谷场上集合
这是我们不变的定律

你总问我什么时候回城
临走时，又答应去城里
看我，你的兄弟可以证明

四十年了，我始终没见你的
踪影。晓华来了，阿滔来了，明亚来了
……都来了，唯独你没有

我打听你在外地打零工，其实
我也能帮帮你，我知道
打谷场没了，你又会脸红

我不知，打谷场变成了一级公路
一个值得保护的文物，怎么说拆就拆

如果我当镇长，阿三
我向你保证：一定恢复重建
哪怕就在马路的中央

2013 年 12 月 17 日

宜兴竹海

竹海啊竹海，我来了
却不敢靠近你，因为山脚下
开出的白花，至今还挂着
一行行泪

我无心登顶
让你的惊涛汹涌我的豪迈
我无意深入
让你的诗意依着我的
灵动，一起延绵

我试着走上几步
用脚印覆盖
记忆里的忧伤 *我不能
因为，一只头扎白花的小鸟
正在一根竹枝上发呆，静
让人发慌，一切，连同我
都沉到了海底，而浮起的只是
一个刻骨铭心的日子，那天，一群
迷恋竹海的人，醉了脚步

再也无法找到
回家的路

也从那天起，一个小女孩
开始等待她的妈妈，以及
她妈妈的妈妈的出现

★ 8 月 13 日下午受强风暴雨影响，宜兴竹海风景区发生滑道伤亡事故。

2011 年 8 月 28 日

音乐与梦想

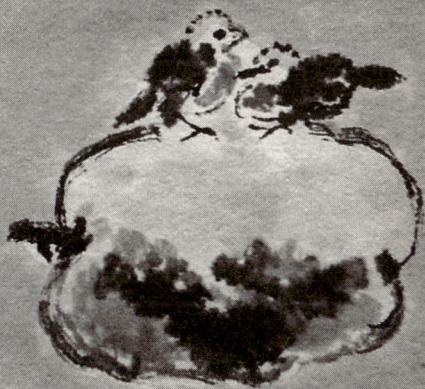

音乐与梦想

在莫扎特和贝多芬之间
你选择自己和他们的
影子，影子随阳光
一会儿跳到你的前面，一会儿
又躲在你的背后，勾画一个
永不消退的梦境
你分明看到一行白鹭正从
远方启程，只有停歇
没有终点

音止，音乐依照
梦想不灭

2014 年 7 月 9 日

对某电视音乐的敏感

你总是把弓搭在低音
像野人山里的惊魂
无数生命，在这根沉重的琴弦上
成为，无休止的颤音

2011 年 9 月 26 日

思念

把一种思念
交给一把提琴
唯一的傍晚
我要独自游出这条小河
像当年从母亲手中滑落
走出童年的小巷

2014 年 7 月 23 日

宫廷舞曲

宫廷舞的庄重来自它的前奏
一种装束，一个表情，一串舞步
一切都在方圆以内，那
人的思想呢？

感谢风琴，把舞者引向山冈
让山风轻盈步履，让爱情
长出翅膀，让轻松感谢作曲
也让这种发现谢谢我的智慧

舞步在宫廷
思想在冒烟

2014 年 9 月 21 日

练习曲

这是离校时弹奏的最后一曲
有点励志，有点
腼腆，有点表白
如果允许，要重复某一个
小节，最美不过的

是转向树林
升腾的柔情，那一刻
想做一个真正的男人

十八岁
面对一架钢琴
一个黑白的世界

2014 年 9 月 21 日

为《女人花》伴奏

《女人花》一曲，由
小提琴引领，不带欺骗的
那一种，很纯
小路，曲径通幽，钢琴
在身后，晃动的影子
推波助澜

大提琴，有话要说
透着关爱的哲理
故事，总是曲折

终于唱花，三者
紧随，花开花落
一条通往幸福的路，有点
伤感，有点委婉

2012 年 9 月 8 日

指挥家

把各种声响
搅拌在一起
呈上一碗
香喷喷的芝麻糊
比音乐更辽阔的掌声中
收起一根筷子
垂下高贵的头

2014 年 7 月 16 日

三月的阳光有点甜

小提琴的骚动
让三月的阳光有点甜

用一个长音无法深受
表达起伏和心跳

让手指按在琴弦的某处
长时间的颤抖，像蜜蜂
的执着
一条小河从身边流过

钢琴在黑白中寻找哲理
可常被长笛牵引
走神，走向花季

2014 年 9 月 30 日

以世界的名义

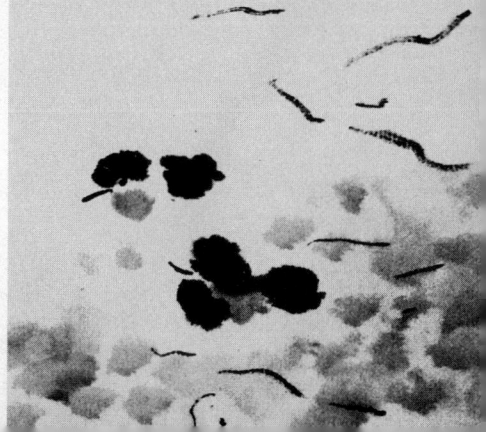

以世界的名义

靠近大堡礁的最后一座
灯塔，海鸥在这里做巢
以世界的名义，守护一份
延绵千里的遗产
珊瑚礁，从湛蓝中打开的
童话天地

从灯塔起飞，引渡大猫号
定位岸的坐标，雨林中的
绿岛，只是童话中的引子，但你
已进入了这幅淡淡的
世界版图

用爱的方式，缠绕你一同寻觅
用鸟的真趣，重新开启你梦幻中的
童话王国。飘逸着、起伏着、流动着
殷红的、橙黄的、青青的、粉粉的白
葱郁的森林、静静的河床，有一种探险的
念想，顷刻，被鱼的飞鸟打散。一条小臭鱼
从羞涩的珊瑚中冒出，像一颗红色的

信号，大臭鱼们上演了王国中的压轴
帕瓦罗蒂的世代绝唱，在船长的挥手中滑出
海鸥扑向大海，鱼儿跃出海面
"我的太阳"就在这一刻
冉冉升起

在通往悉尼的航行中，我又一次找到了
绿岛，却看不清海鸥的高翔，但你
就在那里，或引领，或巡航，或向王国
的成员问好，我信，真的
以世界的名义

2011 年 9 月 9 日

墨尔本，早晨八点

职业装，从弗林格斯火车站涌出
像菲利浦岛的潮水，深色的
奔腾，向城市的大街小巷
流淌。用皮鞋击响大地的方式
为"花园之州"叫早

入春的早晨，墨尔本
新的一天，从这里
开始

一条穿透的胡同，一列
打伞的列车，火腿蛋、咖啡
黑茶加奶，匆匆
坐下，起立，穿梭
没了影子，让有轨电车带走了
浓郁的芳香

一条穿不透的胡同，独有一位
金发女郎，香烟模糊她呆滞的目光
绕在脚边的三只鸽子，也终于

飞走，朝着
圣派翠克教堂

入春的早晨，墨尔本
新的一天，从这里
开始

晨跑的人群，在郊外
围着上千棵百年大树，像彩蝶
飞舞，起伏、追逐。在库克船长的
故居，将目光停留，一位
十七世纪装束的女佣，正在院子里
走动。也有随意丢下的烟头，但空气
依旧清新，于是，也有了追随蝴蝶
飞翔一阵的念想

入春的早晨，墨尔本
新的一天，从这里
开始

2011 年 9 月 6 日

神仙小企鹅

耷拉的身子，踉跄的
步履，总在黄昏与黑夜之间
集结菲利浦岛，成千上万
像联军在诺曼底登陆，迅速
坚决，让人措手不及

列队前行，纪律严明，而
落肩驼背式的行走，只是它们的
另一面：一种在大海中生死搏击的
艰辛；一种如释重负，到家的
感觉。真情的坦露，就像它们
敞开的胸怀
洁白
无瑕

为它们的凯旋接接风吧，在回家的路上
陪着走走。"今天的收获怎样？""你的
同伴都回家了吗？"不管听懂
还是听不懂

已各归其巢，享受温馨。唯有
一只不愿入穴。月光下，它
泛着白光，在等候
神仙下凡，归还它
思念的另一半

2011 年 9 月 7 日

悉尼·在雨中

春雨绵绵，注定今天的乐章
将奏成慢板，悉尼
一个不经意的日子，步入
你湿润的殿堂，静候
第一颗音符
发芽

用皇家植物园一枚灵动的新叶作引子
让弦乐悄悄爬上记忆。长笛
从港湾大桥滑过，串起
犍子小道说不完的故事，旧时的
探险与抗争，让惊喜和忧虑交响
一块脱落的伤疤，一片迷人的
田园，爱情的雨花盛开
在达令港起伏的颤音里。用美声
催生这座刻有曲谱的城市，绽放
一朵永不凋零的荷花，悉尼
歌剧院，一个丹麦人留下的
灵魂在游荡

依然慢板，但执着、隽永
浩浩荡荡
在雨中

2011 年 9 月 20 日

栈桥随想

最好的石料，填不平
心中的缺口，最好的包装
包不住，滴血的伤口
栈桥，人山人海的栈桥
涌动的，是观景中的陶醉
记忆里的心痛

用正义，丈量这段百年
历史，从胡姓族人打鱼开始
蜗牛桥、大码头、铁码头、海军栈桥
像一粒粒种子，播下的
是喜乐、梦想，久久的
酸痛。总会想起
一座洋楼里躺着的钢琴，在那些岁月
华尔兹的悠扬，只是一片
呛人的海水，乱石
从山上滚落

回澜阁上回眸，惊讶在
栈桥和阁楼之间，恰似一个

长长感叹号，在令人痴迷的海滨
挥之不去

2011 年 9 月 25 日

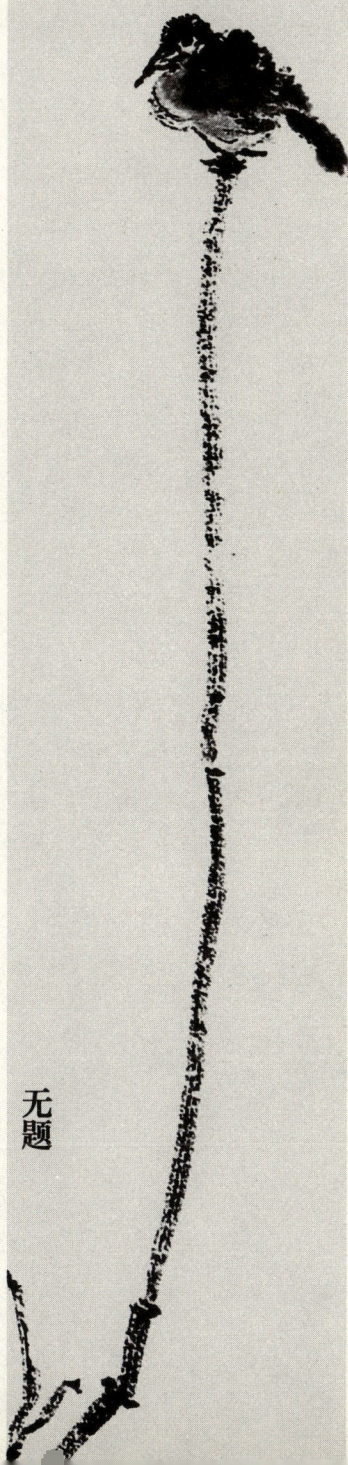

无题

无题一

你是慈祥的，平和的目光
是一条小溪，冰雪就此融化
我这条带刺的鱼，在你的流淌中
顺流而下

你是朴素的，一条青布衫
一穿就是几十年，青色渐退
羁留的是岁月的辙印和风霜
抓住你的袖口，能拧出
你的心血

你是自然的，总是把微笑留在
脸上，连一条条皱纹也翻起波浪
我见到你哭过的泪痕，却从未听到
你的哭声

你是倔强的，快散架的骨头
却根根坚硬，无意一碰
会透出一股清澈的骨气

2014 年 7 月 15 日

无题二

一朵鲜花，好看
配两片绿叶，更好看
没有你的关注，也许
还要好看

2012 年 11 月 20 日

无题三

有的幕，生来无法打开
只是用来撩你的心
让你坐立不安，永远
年轻

2011 年 7 月 21 日

无题四

给平行的时间，叠几道
皱褶，让单调的、永不停顿的
滴答，成为一朵朵跳动的浪花
就像小时候，喜欢姑妈家
神秘的闹钟，定时地放送
叮叮咚咚的舞曲，在流逝的时光里
留下一段彩色的梦

给平行的时间，叠几道
皱褶，让单调的、永不停顿的
滴答，成为一首首欢乐的曲子
就像我现在，坐在候机室里
念想，我漂洋的儿子明年暑期
就要回家。在流逝的时光里
总有一种约定令人激动

想起普希金，心永远
憧憬着未来

2011 年 11 月 27 日

无题五

像这样的小镇
就无需摆个钟表店
因为这里的朝阳和晚霞
与时间无关
赶集，听鸡叫就行
收割，看麦子就行
娶老婆，有想法就行

这里无需提醒，也无需
惊动，像镇口
那条安静的小溪
已流淌千年

确有钟表店，那只是
把过去的日子修修补补
比如，擦掉一些污垢
调整一下步伐，或把
心中的泪水，一点一点地
抹去

2014 年 7 月 11 日

无题六

院里的石榴树

花开无数，而长出的石榴

只有三只，还冲着

我们三口之家

笑咧咧地各吐一词

明年

石榴

丰收

2014 年 7 月 22 日

无题七

光，调到极致
柔和明亮
雪白的靠椅，唰
肃然起敬

一只苍蝇飞来
灯，骤然熄灭，椅子
黑了，也睡了

心鼓暗敲
演出到此结束，谢谢

2011 年 7 月 21 日

无题八

面对这片平静的湖面
你还想说什么
像它那样藏在心底
把微笑留在天空

水天一色
那个站着的
就是你

2014 年 9 月 21 日

还算幸运（后记）

我不如白云
时不时，擦一擦
山峰上，先人
刻下的印记

我不如烟雨
织出的网，能捞起
不该丢失的记忆

我不如小鸟
风雨中的降落
能把翅膀，压得
没有一丝声响

不过，还算幸运
我还会看看
白云过山，看看
小鸟落地，还会在雨中
拾起一些已经泛黄的故事

2013 年 11 月 3 日

图书在版编目（CIP）数据

面对风 / 沈华著.—上海：文汇出版社，2015.1
ISBN 978-7-5496-1241-3

Ⅰ.①面… Ⅱ.①沈… Ⅲ.①诗集－中国－当代
Ⅳ. ①I227

中国版本图书馆CIP数据核字（2015）第017016号

面对风

著　　者 / 沈　华

责任编辑 / 李　蓓

装帧设计 / 周　丹

出版发行 / **文匯** 出版社

　　　　　上海市威海路755号

　　　　　（邮政编码200041）

印刷装订 / 苏州华美教育印刷有限公司

版　　次 / 2015年1月第1版

印　　次 / 2015年1月第1次印刷

开　　本 / 880×1230　1/32

字　　数 / 30千

印　　张 / 5.25

ISBN 978-7-5496-1241-3

定　　价 / 35.00元